KB003596

글벗시선 120 황규출 시집

사랑 찾아서 웃는 나

황규출 지음

도서출판 글벗

삶에 순응하며 詩를 통해 여행하는

지금까지 살아온 삶을 뒤돌아봅니다. "난 참 바보처럼 살았군요!" 노랫말이 생각날 때 무엇인가 찾아야 한다는 간절한 갈구로 글벗을 찾게 되었습니다. 꿈꾸며 살면서 걷고 걸으며 달렸던 나날들이었다고 생각됩니다.

어느 순간 기쁨과 행복이 요동치는 삶에서 사랑도 한순간에 날아간다는 사실도 알았으며 모든 것을 다 잃은 외로움과 고독을 느끼며 내가 살아야 타인도 있다는 사실과 자기 인생 대신 살아주지 않는다는 사실도 알았습니다. 맘의 힘들 때 힘이 되어 준 것은 노랫말의 노래와 창조의 기쁨으로 사랑을 축적해야 한다는 것도 느꼈습니다. 갈망하는 나의 삶에서 자존감을 높일 수 있는 것은 바로 시(詩)와 노래로써 힘을 얻을 수 있었습니다.

"간절히 원하는 것은 반드시 이루어진다."는 사실인 것입니다. 내가 원하는 것은 무엇인가! 삶의 모든 꽃들 중에 진정 바라는 꽃을 피우며 살고자 하는 가치는 무엇인가!

꽃이 피네 마음의 꽃이

여기도 저기도 / 시도 때도 없이 피네

사랑하는 꽃들 속에서 좋아하는 꽃으로
좋아하는 사람들 속에서 사랑하는 사람으로
마음에 따라 꽃을 피우리라

희로애락을 느끼는 인간다운 삶을 추구하며 사는 것이 내가 바라는 진정한 행복이란 것을 깨달으며 마음에 따라 꽃을 피우며 살고 싶었습니다.

알 수 없는 미래의 삶이 늘 답답하고 갈구하는 나날들도 그래 원래 알 수 없잖아! 누가 코로나가 발생되어 이런 나날이 될 줄 꿈엔들 생각했으랴!

어차피 알 수 없는 길 여행처럼 살고 싶은 자유로운 영혼의 세계가 바로 여기에 있었습니다.

알 수 없어요 / 난 어디서 태어났는지
천국이 있는지 / 환생하는 것인지
알 수 없어요 / 다만 들었을 뿐입니다

바로 이것이었습니다. 삶에 순응하며 시(詩)를 통해 자유로운 여행을 하면서 인생의 여행처럼 살며 지친 몸과 마음이 치유된다는 사실입니다. 펑 뚫린 가슴! 맑은 눈! 냉철한 머리! 등 오늘날 살아가는데 추구해야 할 나의 상태들이 무엇으로도 대신할 수 없는 나 자신이 가꾸어야 한다는 것입니다.

> 아버지처럼 살지 않기 위해
> 이 산 저 산 걸으며 묻고 물으니
> 돌아가라 내 살던 곳으로
> 돌아와서 살아보니
> 어느 곳에서나 아버지가 날 보고 있네

 우연히 자신을 발견한 내 맘속에 내가 추구하는 삶은 바로 내가 자라면서 보고 배운 것이었습니다. 즉 부모님으로부터 물려받은 사랑이었다는 것을 알게 되었습니다. 그분들의 좋고 싫은 일들은 다 나의 삶의 거름이 되어 새싹을 태어나야 한다는 사실입니다. 물질로 채울 수 없고 채워도 채워도 채울 수 없는 인생길에서 글벗으로 동행하는 삶이 행복이란 것 느낄 수 있었습니다. 내 마음의 시(詩)가 나 자신뿐만 아니라 단 한 분이라도 마음과 마음으로 동행할 수 있다면 우리는 사랑하는 사이 즉 사랑하는 꽃들 속에서 좋아하는 꽃으로 사는 사회가 될 것입니다.
 늘 마음을 함께 나누는 나의 사랑하는 가족들과 글벗회원님들에게 쑥스러운 마음 틀어 놓을 수 있어 감사드립니다. 이 시집이 나오기까지 사랑으로 지도해 주시고 격려해 주신 "글벗문학회 회장 최봉희 선생님과 글벗문학회 회원님들께 깊은 감사를 드립니다.
　- 2020. 10 웃남 황규출 드림

차 례

제2부 이 산 저 산에게 묻다

제3부 이 맘 어쩌면 좋아

제4부 이런 사랑 하고 싶다

제5부 사랑 찾아서 웃는 나

제1부
꽃을 피우기 위하여

바람 노크에
살포시 내민 얼굴
이제는 더 못 참아
바람맞으려고
살포시
꽃을 피운다

꽃

꽃이 아름답기보다는
꽃이 아름답다고 생각되는
꽃이어야 한다

꽃이 향기롭다기보다는
꽃이 향기로움을 느끼는
꽃이어야 향기롭다

꽃을 사랑하는 꽃들 속에서
꽃의 아름답고 향기로움을
느끼는 꽃이 되어

꽃을 좋아하는 꽃이 되리라

기도

오늘도
잠 깬 시간에
가족을 위해 기도합니다

방 안 창살에 갇힌
나를 발견하면서
가장 소중한 가족을 지키고
있다고 위로하며

네 부모님이
그러했듯이
회개하며 축복 달라고
기도합니다

겨울새

강가는 윤슬에 빛나고
찬바람에 갈대들이 춤춘다

새들은 모여들어
그루터기 마냥 움츠리고
갈대는 찬바람 외치며
온몸을 흔들며 울어댄다

활짝 핀 갈대는
풍선처럼 날아가려 하고
움츠린 새는
햇살 받으며 자맥질한다

새는 날기보다는
추울 때면 움츠리고
햇빛 들 때면 먹이 찾는데

이 뜨거운 가슴은
때도 모르고 겨울에 걷고 있다

해 질 녘

기운 해 안타까워
잡고자 애가 타서

목 놓아 색소폰을
부르고 불러본다

트래킹 중년 애인들
그 음악에 젖었네

어둠의 수묵화에
한강의 유람선이

사랑해 노랫소리
귓가에 어렁어렁

물새도 사랑 찾아서
여기에 있네

꽃봉오리

칼바람은
쉬었다가 또 불고
바람 찾아 나가니
참새가 반기네

홀연히 지나가다가
마주친 꽃봉오리

아아
찬바람에도

산모의 맘으로
보듬고 보듬어
꽃을 피우는 구나

큰 개불알꽃

언 땅 아무것도 없었는데
때가 되니
꽃을 피운 꽃이여

핀 꽃은 바람에 따라
움츠렸다 활짝 폈다
봄을 맞는다

아지랑이 속에 핀 이쁜 꽃을
왜 개불알꽃이라 했는가

줄무늬 체크 보라색 꽃잎은
별의 촉수 감촉을 느끼는
예쁜 꽃이여

양지바른 돌담 걸터앉은 자리
재롱떠는 가냘픈 꽃이
시린 가슴을 훈훈하게 하고

아무도 없는 언 땅에서도
때가 되면
꽃이 핀다는 것을

붕어빵 사랑

찬바람 뺨을 때릴 때
집 가는 길 멀어
허기진 입질
덥석 물어 버린 붕어

물컹물컹한 반죽
틀 속에 가두어
뜨거운 불로 달구니

황금빛 붕어빵

낚시 없이 낚아채어
가슴 속 깊이깊이
따뜻한 온기 피어올라

흐릿한 안개 속의
조명받으며
나타나는 붕어빵

참새는
그냥 지나갈 수 없네

기차여행

그냥 떠난다
훌쩍

기차 타고
그냥 떠난다

차장에 지나는
삶의 공간

다 뒤로 밀어두고
기차에 몸 싣고 간다
해운대 백사장에

파도처럼
모래처럼

느끼고 남기려고

너랑 나랑

돌은 나 철쭉은 너
너랑 나랑은
돌과 철쭉 사이

꼼짝도 안 하는 나
붉은 입술은 너
너랑 나랑은 멋진 사이

큰 바위의 나
틈 사이에 너

틈 사이 벌어질수록
네가 꽃을 피우네

시로나마

바람은 불어온다
온갖 바람이
옹달샘을 어지럽힌다

훈풍에 새싹 나고
꽃샘에 움츠렸으며
열풍에 축 늘어지고
냉풍에 다 움츠려서
보이지 않는다

울다 웃으면
거시기 털 난다 해도
감당할 수 없는 일
감당하는 자연의 순리다

찾아가는 길
오도록 하는 길
바라보는 길
알 수 없는 인생길

봄바람에 꽃이 피고
맞바람에 열매 맺고
갈바람에 단풍들고
비바람에 눈물 흘린다

시로나마 맘 바람을
잡을 수 있네

물그림자

호숫가 물결은
두 폭의 수채화
살아있는 그림

물에 박힌 말뚝
쉼터도
또 하나의 물새가
물 따라 쉬고 있다

강가의 갈대도
물결에 따라
일렁이는 물결 속에

물그림자 속에 비친
또 하나의 것들

바람 따라 물 따라
흔들리는 것들

물그림자에 비춰네

반가운 만남

그의 맘은 가슴 속에 묻혀있고
살아가는 것 이런 건가
그의 얘기는 알 듯 모를 뜻
설렘과 떨림이 있었고
시어를 잘 잡아서 맛이 있고
몸에 좋은 것이다
잡혔다 안 잡혔다 알 수 없으니
순간적으로 낚아채어야 한다
금방 사라지는 그 맛은
보고 또 봐도 가슴 찡하여
맘속에 남아 맴돈다
우연히 만남 그가 너무 반가워
땅바닥이 들썩 앉아
이 얘기 저 얘기하며
살아가는 의미를 알았다
힘든 삶은
얘기 속에 풀린 것을 알았다

구멍 난 양말

부지런히 살았다
버릴 여유 없이
오직 신고 다녔던 양말

그 오랜 세월 속에
밟히고 밟히면서 지냈지만

오직 발만 위해서
따뜻하게 해주고
보호해 주고

곳곳을 따라 다니며
먼지는 혼자 감수한다

빨래통에 들어가
빙빙 돌아가는 세월 속에
정신없이 돌고 돌아서
햇빛 받아서 따라 다닌다

구멍 난 줄도 모르는

야속할 사이도 없이
그냥 버려졌다

우연히 구멍 난 양말을
자세히 보니 웃음이 난다

너무 고맙다

아보카도 싹

마음과 소망의 물을 주었다

돌 같은 종자도
그의 사랑 앞에선
품은 사랑을 내보낸다

찢어지는 아픔 속에
싹이 나서
태양도 어둠도 비바람도
맞으며 자란다

너를 보는 것
외에는
아무것도 바랄 것이 없다

눈물이 진주

네 잎 행운 클로버 찾고자
세 잎 행복 클로버 밟고
헤매다

보일 듯 보일 듯한
네 잎 클로버 안 보인다

닭똥 같은 눈물이
빗물 받아 굴린 클로버

눈물이 진주란 걸 알았다

기다리는 맛

기다릴 수 없어
달려간 그 집

갈매기 날듯
갈매기 속 깊은 맛

긴 줄 속
찾아 헤매는 그 맛

날아가는 새처럼
줄 서다 먹는 그 맛

비행기 타고 날아가는
그 맛이다

종자와 시인

한 알의 씨앗은
어마어마한 열매를 맺는다

가꾸고 가꿀수록
맛난 열매를 맛보는 것을

종자에 따라 다르다
각자의 삶에 따라 다르다

돌탑 위에 놓인 고목이
되고 싶어
종자와 시인이 되었다

텃밭의 하루

뭉게구름
사람인지 작물인지
바람은 애기꽃을 불러준다

호미 깊은 수확
불알처럼 딸려 나오는 감자
한 땀 한 땀 흘린 땀방울
수확의 기쁨이 넘친다

지글지글 삼겹살 굽는 소리
왁자지껄 아낙네 얘기 소리
자네 한 잔 나 한 잔

바랄 것 없는 열매지만
열매의 기쁨은 더 바랄 것 없다

지칠 줄 모르게
인생이 구름처럼 흘러간다

그립다 그 섬

집으로 오고 가는 그 길은
늘 침묵의 시간들입니다

도시의 밤거리 빠져나와
집으로 들어가는 길은
늘 고독의 시간들입니다

그 섬을 감싸고 있는 파도는
어마어마한 몸짓으로 다가옵니다

고양이 애절한 울음소리가 들리고
축시는 그리는 시간입니다

섬 끝자락에 반짝이는 등댓불
숲속의 무서움은 떠나는 배를
놓아 버리고 싶기도 합니다

지쳐가는 삶 속에서
혼자의 시간에는
추억의 그 섬이 그리워집니다.

틈 사이에 핀 꽃

풀 한 포기 날 수 없고
물도 받아드리지 못해도
빌딩을 세우고
틈이 있어 꽃을 피웠다

바닥 친 콘크리트
어찌할 수 없는 땅
꽃 피는 계절에는
틈이 있어 꽃을 피웠다

그 틈이 어디 있다고
어디 있다고 피었는가

들에 핀 꽃들보다
틈 사이에 핀 꽃이 아름답다

맘에 불났다

왁자지껄 왁자지껄

맘에 불이 나서
오징어 땅콩 씹으며
맘에 불을 끕니다

다 틀어 버리고
사람 찾아 사랑 찾아
주거니 받거니
불난 맘 잠재웁니다

오오 내 사랑아
술꽃 속에 맘 주고
심꽃 속에 정 주는
오오 내 사랑아

왁자지껄 왁자지껄

여기도 피고
저기도 피고
내 맘에 불이 났다

시드니의 밤

다 제 갈 길로 날아간다

씨앗은 바람을 타고
옷에 붙어서
봉숭아처럼 톡 튕겨서

홀로 가는 길은
늘 얘기하며 걷는다
둥근 달을 보며
길가에 꽃을 보고
노을을 보면서
서 있는 나무처럼

아무 염려 말고 걱정 말고
다만 제 갈 길을 축복하며
기다릴 뿐이다

할 수 없는 일일 때는
세월의 약으로

어떤 아픔도
자연에 비교가 될쏘냐
마음먹기 나름이지

늘 스마일
입이 마르도록
얘기해서일까
그녀는 백의 천사

이곳의 밤도
시드니의 밤과 같구나

태양이 뜬다

세상 속에 태어났다고
울부짖으며 달콤한 사랑
그 사랑 지키기 위해
일하며 산다

힘들어도 힘들지 않은
보이지 않는 상처들
늘 행복할 수 있는
살아 있는 나의 사람아

훌훌 날려 보내는 맘을
자연 속에 던지며
어찌 다 극복하며 살 수 있을까

감당할 수 없는 일들
시로도 표현 안 될 때는
아 이것이 인생이구나

오늘도 태양도 뜬다
환희를 느끼며

제2부

이 산 저 산에게 묻다

아버지처럼 살지 않기 위해
이 산 저 산 걸으며 묻고 물으니
돌아가라 내 살던 곳으로
돌아와서 살아보니
어느 곳에서나
아버지가 날 지켜보고 있네

참 이상하네

이 산 저 산 걸으며
나아가다가
잠시 멈춰 물어보니
대답해 주는 사람 없네

어디로 가야 하나요
외치다가 외치니
아버지처럼 살지 마라 하네

아버지처럼 살지 않기 위해
울며 부르짖으니
이 산 저 산 가서 알아보라 하네

이 산 저 산 가서 물어보니
돌아가라, 돌아가라, 돌아가라
내 살던 곳으로

돌아와서 살아보니
아버지는 어느 곳에서나
날 지켜보고 있네

제비꽃 당신

화단 돌담 사이에
고개 숙인 너

아지랑이 피어오르듯
내 맘속에 피어

떠나간 당신의
수줍은 모습이네

제비꽃 피면
처마 밑에 제비 우는데

떠난 임은 오지 않고
왔다 갔다 하는 맘 묶고

엘바섬에서 보는 맘같이
꽃길 속을 헤맬 때도

내 맘속에 곧게 핀
제비꽃 당신이여!

꽃들의 세상

꽃들 세상에 묻혀
꽃 속에서
벌과 나비처럼 놀고
마음의 꽃들 속에
온갖 꽃들이 찾아와
이 꽃 저 꽃 찾다가
흘러가는 세월

봄날에 핀 꽃은
인고 뒤에 핀 꽃이라
너무 아름다운가 봐

빗속에 흐르는 눈물
애타는 맘일까

살다 보니
꽃들이 너무 좋아
꽃들 세상은
눈물 속에 피나 봐

사철나무

한파 속에서
낙엽은 땅에 박혀
꼼짝도 못 하고

나무는 칼바람에
울음소리만 내고 있는데

사시사철
그 모진 세월 속에서
푸르고 푸른 그 모습이네

한파에도
싱그러운 잎사귀

움츠리며
걷다가 마주친 너

늘 푸른 네가
참 부럽다

넌 누구니

아침 눈 뜨면 생각나서
꾹 눌러^^ 행복한 하루^^ 완료

좋은 글 읽으며
서로 안부 묻기도 하고

아름다운 음악
동영상 들으며
웃고 웃으며 맞이하는

공창에서 수다 떨다
일창에서 밀담 나누는
정모 번개 기다려지는

넌 누구니

셀카

말문은 닫혀도
원 없이 놀 수 있는 친구

꽃들 하나하나
돌들 하나하나
풀들 하나하나

아름다운 자연을
사진에 담아 본다

너에게 끼고 싶은 맘
셀카로 다가가니

어울리지 않는 나

어떤 표정
어떤 맘
어떤 곳에
다가가야 하는지

알 수 없어
찍고 찍히는 속에

억지라도
미소 지으며 찍고 있다

달무리

화려한 빛으로 날아가고 있었습니다
구름에 따라 숨었다 나타나고
밝은 빛을 주었다가 어둠 속에 숨고
빛을 밝히며 나아가려 하지만
구름은 잡고 있으려 합니다
구름은 빛을 따라가다가
빛을 잃어버릴 때는
휘황찬란한 달빛 볼 수 있었습니다
비행기처럼 선을 그리며 날아가고
뱀처럼 꿈틀거리기도 하고 달을 에워싸서
작게 보이게 하기도 합니다
둘러싼 달무리들에 의해서 따라가기도 하고
무리에 따라서 변화되기도 합니다

바위틈에 핀 진달래

나 보기가 역겨워
가신 진달래

산천에 피어
붉게 물들어
사랑받으라 했건만

찔러도 찔러도
아픈 돌덩어리에
피운 진달래여

그렇게 질린 틈이
뭐가 좋다고
그 좁은 틈에서
또 꽃을 피우고 있느냐

발자국

물처럼 흘러가는 것이
인생길이다

위로 가는 것이 아니라
아래로 부딪치며 흘러간다

돌은 돌과 돌로 부딪치며
조약돌을 만들고

그 발자취는 돌덩어리에 새겨져
투명하게 남기고 가며

물처럼 지나가는 발자국은
순식간에 사라져 가지만

물길 속에 새겨진 발자국은
돌덩어리에 내려놓았다

계단 오를 때

한 계단을 오를 때마다
피아노 음반처럼 소리가 나고
한숨 지으며 고개 드니
산과 강은 그대로다

오르다 오르다
힘들면 쉬었다 올라가고
가다가 가다가 숨차면
쉬어 가야지

힘들다 할수록 더 짓눌리는
어깨가 아닌가
힘들면 한쪽 다리를 들고
양손 벌려 종이비행기처럼 날아가세

무거운 어깨 바람개비처럼
돌리고 돌리며 돌아가는 인생

비행기처럼 새처럼
훌훌 날아가듯이
인생의 여행 떠나야지

무거운 삶 날아가지 않을까

남과 여

남과 여 다른 성이다
성질이 다르다

가려진 다른 성이
손잡고 가니

둥근 태양처럼
둥글어진다

끊어지지 않도록 갈 때
둥글게 둥글게

지구가 돌아가듯
인생도 이렇게 돌아간다

따져서 뭐하나요

꿈을 꾸면서 살아요
그러나 행동으로 살아요

희로애락은 자유이지만
더불어 살아가야기에 책임을
어떻게 사는 것이 기쁨과 행복인지

사는 것에 순응하다
또 구시렁대다가
다 제풀에 꺾여 살아가는 것을

따져서 뭐하나요?
가는 것은 다 하나인 것을
하루 선물 속에 행복이
다 있잖아요

안목항에서

만남은 아픔의 연속이다
감당할 수 없는 아플 때는
나는 바닷가에 간다

빈 백사장
울부짖는 파도 소리에도
갈매기 아랑곳하지 않고
친구 같은 밤바다에
연등 날리고 커피숍 그 향기
넘치고 있다

고깃배들은 묶인 채
기약 없이 기다리고
울릉도 오고 가는 여행객은
파도처럼 밀려왔다 밀려간다

수평선 한 점의 배가 나
늘 그 자리에서
백사장처럼 받아들인다

일출의 다이아몬드
보이지 않게 뜨거운 내 가슴
그것이 인생이고 사는 것이라고

빗 목걸이

통증 속에는
그리운 영혼들이
찾아와 함께 괴롭힌다

인고의 시간 속 빗물은
눈물인 양 창가를 두들기고
빗소리는 간절한 절규로 들린다

창문틀에 달린 물방울은
한 방울마다 마음의 응어리가 된
진주 목걸이 하나 사 주지 못한
안타까운 이 빗줄기로 흐른다

빗줄기에 꿰어진 빗 목걸이
곱게 만들어 주고 푼 맘이 간절하다

붉은 장미

계절의 여왕에
안기고 싶어

붉게 타는 맘이
담장 넘어 핀 장미

꽃잎 포개진 꽃잎들의
불타오르는 정열

포근히 감싸 안아
뜨거운 장미꽃

내 맘에 담아
그대에게 드리니

그 맘 꽃 피워
정열의 밤 보낸다

선풍기 사랑

돌아가는 인생아
선풍기처럼 돌아라
돌리려는 맘이 고친다

버려진 맘 다 돌리려고
상처를 보듬으며
간절한 맘의
마지막 선물을 주었다

버리는 맘보다
홀로 가는 맘
동행하는 맘으로
끝없는 기술을 배웠다

쌓여가는 고친 물품
감당할 수 없는 물건들
그것은 텅 빈 마음의 곡물

겨울과 여름엔
어김없이 찾아오는 바람

선풍기 볼 때마다
바람을 쐴 때마다
생각나는 그분이 계신다

민들레 홀씨 잡고

들풀이었다
땅바닥에서 있는 듯, 없는 듯

나물 캐는 아낙네 눈에
보이는 민들레가

들판에도 콘크리트 사이에도
예쁜 꽃을 피었네

가냘픈 꽃대는
화사한 꽃의 생명 통로

해바라기처럼 둥근 꽃
해처럼 빛나네

민들레 홀씨 잡고
반짝이는 별들

바람 불면 바람 따라 날아가
둥지 잡고 꽃 피울 너

이제 그만
내가 가야 할 곳을 가야 한다

물레방아

공원 정자 옆 우물가에
낙수 소곤소곤 들리고

수풀들도 그 소리 정다워
흔들흔들 춤을 춘다

물 받아 내뱉고 뱉으며
쉼 없이 돌아가는
삐거덕거리는 정겨운 소리

칸칸이 쌓아 두려고 받으나
그 칸 채우니 비워지고
또 그 칸 채우니 비워진다

비우니 채워주고
비우니 채워주며
돌고 돌아가는 물레방아

기차는 달려간다

기차는 쉬고 쉬지 않고 달려간다
차장 밖의 산천도 덩달아 쉬지 않고 달려간다
'평안역'입니다 행복한 하루 되세요
그 소리를 하며 기차는 쉬었다 달려간다
승객들은 아무 말 없이 휴대폰을 보기도 하고
옆 사람과 얘기하며 제각기 갈 곳에 따라 내린다
다음 역은 어느 역이냐고 묻지도 않은 채
말없이 기다리고 있을 뿐이다
기차는 다음 역이 어디냐고 묻지도 않은 채 달려간다
이번 역은 '행복역'입니다 즐거운 하루 되세요
그 소리를 하며 기차는 쉬었다 달려간다
쉬는 역마다 그곳에 가는 승객은 내린다
마지막 종착역은 '천국역'입니다
그곳에 내릴 사람은 종착역인지 거의 없다

봄날은 깊어갑니다

봄날은 깊어 갑니다
들풀이 언 땅에서 솟아
너무 연약한 새싹이
캄캄한 땅속에서
이겨내고 희망을 주고
꽃샘바람에
움츠림 없이 피어올라
산천이 꽃들로 물들고
맘속도 아름답게 물들어
참 아름다운 빛을 자아낸다

망울망울 꽃망울은
양파껍질 같아
속 내음의 향기와 꽃
그리움에 잠 못 들게 하고
위로받을 수밖에 없는 삶이
산천으로 나가게 한다

단풍나무도 물들었고
꽃이 피어나려고 하고

이팝나무들도 꽃을 피워
눈꽃 세상을 안겨주니
기다리는 맘은 부질없고
보는 맘에 따라 피고 지면서
봄날은 깊어 갑니다

아루마루의 밤

언덕 위 휴식 샘터
바람 따라 울려 퍼지는
유람선의 뱃고동 소리

밤하늘에 울린 하모니는
내 맘 깊은 곳까지 파고들고

발아래의 강물과 풀들
저 멀리 반짝이는 불빛은
은하수의 별빛처럼 아름답다

산등선 그어진 수평선 위에
달이 희망의 빛 밝히고

뜨거워진 온돌 의자에 앉아
색소폰 소리와 빛 바람을 맞으니
하루의 지친 몸과 맘을 다 녹인다

사랑은 어디서 오는 걸까

겨울 바닷가
끝없이 왔다 가며
조약돌을 만들어
가슴에 박아 놓는다

아지랑이 봄날에
작년에 심어 겨울 이겨 낸 마늘
마늘 먹어야 사람 되는 것이
틀림 말이 아닌 것을 느낀다

꽃들은 춥다가 훈풍 맞아 피니
꽃송이 그렇게 예쁜가 보다

그늘 아래 앉아서
개울가 멱 감던 그 시절
그리워할 때 따뜻한 정이 오고 간다

젖 달라고 울다가 먹을 때
환한 미소 평안함을 느낀다

사랑은 울다가 웃을 때 오는 것 같다

제3부

이 맘 어쩌면 좋아

그이가 올 땐
이 맘 어쩌면 좋아!
맞이해야 하나요
거부해야 하나요

길

인생은 누구나 길을 간다
처음 가는 길은 설렘임과 두렵지만
지나온 길은 아쉬움과 철학을 남긴다
올라가는 길은 고개를 들고 갈 수 있지만
내려오는 길은 고개를 들고 내려올 수 없다
평지의 길은 오래 걸으면 지루하지만
오르막길은 정상이 있어 지루하지 않다
한 갈래 길은
잡념에 사로잡혀 갈 수 있지만
두 갈래 길은
가야 할 길 생각으로 잡념이 들 수 없다
길을 어떻게 갈까
어느 길로 가야 할까
본인만이 선택한다
선택한 후에는 뒤도 돌아보지 말고 가야 한다
그것이 삶이고 인생이다

공허

공허 속에 감당 못 할 때

빈 가슴 채우기 위해
동그라미 속에 가두어

보글보글 라면 끓이며
보따리 풀어내고

인생 뭐 있어 위로하며
인생 보따리 풀어낸다

공허 속에 감당 못 할 때

바닷속 채우기 위해
바다에 맘 던지고

바닷가 몽돌 고르며
내 맘의 돌 주머니 넣고

인생은 파도여!
조몰락거리다 없어진다

등대

백사장 황금 찾는
세월의 모래시계

수평선 한 점의 배
굽은 등 바라본다

등대는 생명의 불빛
희망 찾는 나침판

무념

삶과 관념 속에 묻혀
한 발짝도 나아가지 못할 때
마음의 여행을 떠나자

관념의 바람 찾아와
노크할 때
바람 따라가지 말고
바람 찾아 나아가자

꽃을 피우기보다
꽃을 가꾸면
꽃은 그냥 핀다

에로스 사랑이 그리울 때
사랑 찾아가지 말고
사랑 가꾸기만 하면

내 맘이
무념의 축복이 그냥 온다

고목

수많은 풍파
헤쳐 온 나무

풍파 속에서
곳곳이 파여
섞어 뭉개지고

두 팔 벌려 하늘로
뻗은 가지에는
아직도 잎은 무성하네

섞은 틈 사이에는
타식동물의
안식처가 되기도 하지만

뿌리 깊은 밑 둥지는
수많은 가지와 잎의
버팀목이 되네

담배

담배 한 개비 꺼내 들고
만지작거리다 불 피워

진한 키스로 불태운
그의 향기 그 맛 깊이 느끼네

한 모금 곳곳에 스며들어
내 맘속에 젖어 드니

감당할 수 없는 그의 사랑
주체못해 토하며

순식간에
바람과 함께 사라진다

거울

너를 통해 나를 보고
너에게 나를 다 보여 준다

내가 웃으면 네가 웃고
내가 울면 네가 울고
너와 나는 하나다

치약이 튀면 치약이 묻은 채 있고
비눗물이 튀면 남은 때가 있고

뭐가 바쁜지 보기만 하다가

너에게 먼지가 끼면
넌 서서히 희미해지고
멀어져만 간다.

호호 불며 만지며
매일매일 닦아주면
너와 내가 하나 된다

그래야 너에게 다 벗고
내가 웃으니 너도 웃을 수 있다

정견

소크라테스 철학자는
"너 자신을 알라"
뭘 모른다고 알려고 하나
어차피 알 수 없는 삶을

아는 것은 지금 내가 하고 있는 일이고
모르는 것은 내일의 일들이잖아요

일출과 노을은 붉은 광 빛은 같고
관념과 이상의 틀 속에 갇혀 꿈만 꾸면서
살아간다는 것도 안다

벗어나고파 몸부림쳐도
어차피 벗어날 수 없는 삶
다만 듣고, 바라보고 살면 되지!

하루의 선물 속에서
그대로 바라보며 사는 것이 삶인가 봅니다

－정견: 불교 교리인 팔정의 하나, 그대로 올바로 봄. 바르게 자신
의 참모습을 앎. 바로 보는 견해

흰 장미

한 송이 장미에 맘을 열고
장미 한 다발에 입이 열린다

그대에게 준 장미꽃 한 송이
숨긴 맘 짠 보이며
동그란 눈빛 밝히며 웃는다

붉은 장미는 지쳐서
설렘과 떨림도 사라지고
흰 장미로 변했나

길거리에 장미들
참 아름다워
흰 장미를 그대에게 주었다

기러기

하늘 보는 순간
기러기 떼 날아가고 있다

먼 곳으로
어딘지 모르지만

창공 공간에
대열 맞추어서

앞 기러기 따라
따라가는 기러기

신나게 가는 걸 보니
분명 좋은데 가나 봐

신나게 가야지
좋은 날 오겠지

하트 밥

풋풋한 야채 싱싱한 고기
뒤엉켜 불타는 밤에 불태워
고소한 맛이 참기름 짜내며
뒹굴어 파 죽 된 야채와 고기들

입술에 닿을 때마다 사르르 녹고
한입 먹을 때마다 행복이 넘치고
느끼는 맛과 먹는 맛이 행복하다

밥과 야채와 김에 깨 섞어
더운 불판에서 뽑아주니
섞이고 섞인 맛있는 뽑은 밥은
뒤척이면서 그려진 하트 밥

보기만 하여도 가슴이 뛰고
한입 먹을 때마다 사랑이 넘치고
고소한 맛 살살 녹는 맛이
사랑이 넘친다

찾아가는 마음은 가벼우나
나오는 발걸음은 무겁지만
한파에도 사랑의 온도는
하트 밥에서 쌓이네

개기월식

하늘에 누가 있기에
달님마저 울게 하나요

무슨 일이 있기에
달님이 빛을 잃어 가나요

어두운 밤 환한 빛 주는
너마저 변하니
누구에게 의지해야 하나요

35년 동안 한결같은 너였는데

달아!~ 달아!~
변하더라도
너 맘만은 변하지 말아다오

길가에 꽃들

길가에 꽃들이
전봇대 위에도
보도블록 위에도 피었네

달리는 자동차 소리 매연
아랑곳하지 않고

땅바닥이 없어도
비가 안 와도
예쁜 꽃들이 있다, 없다 하네

바람에 나불대는 코스모스 꽃보다
꽃과 꽃이 서로 시기하듯
서로 얽히고설킨 수 많은 꽃들이

말없이 오고 가는 길에서
형형색색 피어 나풀나풀 되고

가로등. 달리는 자동차 빛 받으며
알록달록한 춤추는 조명처럼
찌든 냄새 소음 중독되어

길가에 꽃들이
그냥 피었다 없어진다

그녀의 목소리

길모퉁이 모서리 가로등!
적막을 느끼는 골목길 접어들 때
마중 나온 가로등!
안심길이라 굵은 글씨 선명하게 비춰준다.

모서리 길모퉁이 접어들 때
터벅터벅 걷는 발자국 소리
따라오는 그림자
엄습해 오는 불안감, 두려움, 죄책감
길 밝혀주는 가로등!

그 위에 있는 그녀의 목소리!
"무단 투기 시 벌금 100만 원"
언제부터인가 그녀의 목소리가 들린다.

이젠 안 해!
난 무단 투기하는 사람 아니라고

화도 내어보고
짜증도 해보고
욕도 해보고

말 잘 들을 거라고
흥얼거리며 걸어본다

멈추지 않는 그녀의 목소리!
오늘도 그 길을 지나고 있다

그 산 앞에서는

그 산 앞에서는
말없이 올라갑니다.

후회도 미련도 이별도 없이
그냥 올라갑니다

그 산 앞에서는
큰소리로 외쳐보고 울어보고
웃어보고 노래 불러보지만
메아리도 안 울립니다

그 산 앞에서는
오직 말없이 올라갈 뿐입니다

김장하던 날

풋풋한 배추
소금 쳐서
성질 죽이고

절임 배추에
온갖 야채 양념
버무려서

한잎 두잎 비벼서
숨도 못 쉬게
버무려서
김장을 담근다

긴 긴 날
소리 없이 죽어
맛의 향기 뿜낸다

김장하던 날
막걸리 한 사발에
보쌈 한 입의 맛은
숙성된 김치의
맛보다 신선하다

억새꽃 사랑

억새꽃밭에서
나도 모르게 억새꽃 된다

목화송이처럼 피어
갈바람 속에 출렁이는 억새꽃
흰 물결 넘실거릴 때마다
포근한 솜사탕 날리듯 한다

목화송이 솜사탕 넘치며
이리 보고 저리 보고
보면 볼수록 황홀해지고
갈바람에 억새꽃 송이송이는
서늘한 갈바람이 봄바람 된다

그 속에서
그대와 함께 억새꽃 솜사탕 먹으면
가슴은 더욱 따뜻해지겠지

토끼풀 사랑

토끼풀이 있습니다
세 잎을 가진 그는

한 잎은 소망 꿈꾸며
한 잎은 믿음을 품으며
한 잎은 사랑이 넘칩니다

불쑥 내민 솜사탕은
달콤한 사랑의 사탕

두 사랑 엮어 반지 끼고
토끼는 풀을 뜯습니다.

보이는 것이 행운인데
네잎 클로버를 찾다가

용궁에 빠지기도
네온사인 조명에
휘둘리는 눈망울

동그란 토끼 눈망울 속에
꽃반지 만들어 준 그때의
그 사랑을 그립니다

구절초 사랑

갈바람 속
가냘픈 꽃이여

정원 한곳에 모여
축제의 파티

바람 음악에 맞추어
흐느적흐느적 춤을

하얀 미소의
물결 넘실거리네

나무속에 핀
꽃이여

푸른 잎 속에
하얀 자수

어여쁜 그 맵시
어디 가고

나무의 꽃으로
피었네

날아가고 싶다

익어가는 들판에 서서
창공을 바라보니
뭉게구름 피어오르고
검은 구름 몰려오고
어중천에 흰 눈이 내린다

피어오르는 하늘
어둠 속으로 빠지기도
순백의 세상 속을 만들고
그의 사랑으로
차가운 날에는 움츠렸다
활짝 핀 꽃이여
창공 속에 열매 익어간다

움츠렸다 활짝 핀 꽃이여!
견디기 힘든 삶은
들풀마냥 흔들리다
언땅 속으로 돌아가는가

하늘 속에 누가 있길래
살아생전 너에게 달려가서
좋은 날 오래 머물고 싶구나

그런 사람 있습니다

그런 사람 있습니다
전화 오면 미소가 입가에 맴돌고
웃음이 뒤엉키어 못 알아들어도
웃음 나오는 그런 사람 있습니다

서로 위안 되고 이해 안 가도
저 해도 오지 않아도 싫지 않은
그런 사람이 있습니다

까치 소리가 웃음소리로 느끼며
흐린 날에 투박한 음성도
짜증 난 목소리도 웃음으로 들리며
그냥 들어주는 그런 사람이 있습니다

전화 올 때 되면 꼭 오고
미치도록 보고 싶은 그런 사람 있습니다

그런 사람은 어떤 사람인가요

힐링 시간 속에서

잠 깬 시간
만지작만지작
이리저리 뒹굴뒹굴
그 사랑은 늘 떠오른다

빈둥빈둥한 하루
별처럼 빛나는
사랑 사랑아

달려온 행복
환한 미소 준 기쁨
보글 향기 내 사랑아

찾으러 찾으려
달려가고픈 사랑은
현실에 묶여 언제 갔는가

큰 것도 아닌
하루 속
시간에게
늘 달려갑니다

칡꽃

60년 평생 살아온 아버지인데
아버지가 그리워 달려갔다
늘 그 자리에 계시며
아버지처럼 살지 않기 위해
살았는데 아버지가 되었습니다

술 한잔 드셔요
잡초 뽑으며 그의 숨결 느끼고
산천을 바라보니 예쁜 칡꽃이 보인다

가끔 산에 갔다 캐 온 칡
껌처럼 씹는 그 맛
아버지가 옆에서
금방 주실 것 같습니다

뜨거운 햇살 아래
엉키고 엉켜서
쌓아 놓은 칡뿌리

칡꽃의 아름다움만 보느냐
칡뿌리도 생각하여라

그의 음성이 들려온다

제4부

이런 사랑 하고 싶다

그 사랑이 뭔지!
웃고 울며 지나온 세월
주는 것이 사랑
아! 이것이 인생인가!

오늘 하루

아침에 태양이 떠오르니
빛나는 하루가 시작되었다

길을 걷다 보면
꽃봉오리가 맺히고, 피고

차를 몰듯이 달려가다가
정자에서 쉬기도 하며

붉게 물든 노을 속에
낙엽이 새처럼 날아가고

심줄처럼 뻗은 나뭇가지는
깊어가는 생명선을 그린다

어둠을 밝혀주는 불빛들과
적막감을 깨는 바람소리 들으며

오늘 하루는
서로 나누며 지나간다

등신불

별빛이 쏟아져
가슴에 박혀

두 눈이 반짝반짝
불이 나온다

눈먼 눈 휘둘려
뜨거운 사랑 나누고

모진 풍파 단풍으로
여기 저기 수놓으니

인고의 광채가
불 밝혀져
등신불이 빛난다

사랑가

출아! 출아!
입에 쩍 달라붙은
달달함에 널 그린다

잔잔하고 굵직한
음성은 애간장을
태울 만큼 오그라들고

둥근 배는 배꼽 사이에
틈새가 없어
끼어들지 못하겠네

희야! 희야!
날 부르지마
달달한 입술
너 줄 게 없어

토끼 같은 큰 눈
날 삼키지만

긴 머리 휘둘러
숨 못 쉴까 봐
갈 수 없네

내 사랑

짧은 시간에
긴 여운을

긴 시간에
짧은 여운을

내 사랑은 늘 행복하다

사랑받지 못한 새는
더 사랑해서 울고

가는 세월
아쉽게 사는 인생을
아쉬워하며

내 사랑은
늘 행복하다

사당, 향나무

마을 어귀 향나무
수백 년 마을에 서서 지켜보고 있다
한 자리에 붙박인 평생의 애환을
목에다 타래를 감았다.
늙은 향나무도 나무
까치들은 날아와 나무에 비린 주둥이를 닦는다
생전에 새들의 의자 노릇이나 하면서 제삿밥이나
얻어먹으면서 살아온 내력이 전부였다
품어 기를 새들마저 허공의 것
아무것도 묶어두지 못했다
돌아온다는 까치의 울음소리도 거짓말이 되었다
떠나는 뒤통수마저 볼 수 없이 늙어 갈 것이다

빗속 나무들은

창밖엔
쏟아지는 빗줄기 속에
흔들리는 나뭇가지들

눈물이 빗물 되어
감당할 수 없어
내리는 빗물

받아들이기 힘든 몸부림인가
받기 위한 몸부림인가

흔들리는 나무는 생동감이 넘치고
흔들림 없는 나무는 안타깝다

비 오는 날엔 바람아 불어라
욕망 다 날아가게

비 오는 날 키스

빗소리에 너의 심장이 뛰는 소리가 들린다

쉼 없이 흐르는 눈물은 그칠 줄 모르고
타는 대지를 적시니
물기 오른 풀들이 살판 난다

창문에 그려지는 얼굴에 족족히 젖어
그리운 가슴이 타 들어가고

말없이 맺히는 방울 속에 너의
모습 흐릿하게 비추네

공허 속에 빗소리와 벗 삼아
비 오는 날 키스를

봄나들이

따뜻한 봄날
잔디 돗자리에 아장아장
노니는 색동들

파란 새싹이 친구인 양
마냥 즐거워
이리 뛰고, 저리 뛰고

앉아서 보는 어미의 입가에
미소가 만연하고

그냥 있어 평안을 느끼는
어미와 애들

꽃길은 기다리고
봄날에 나들이 행복을 느낀다

갈애(渴愛)

새를 잡으러 간다

잡으려면 날아가고
먹이 주면 모여들고
모여서 날아가는
지저귀며 나는 새는
잡기가 쉽지 않다

철새 떼는 논에 모여
먹이를 찾다가
달려가면 날아가고
살피면서 먹이를 먹어
잡기가 쉽지 않다

날아가는 새는
잡기가 쉽지 않다

갈애에 허덕이는 새는
잡기가 쉽다

아이리스 꽃

봄바람 타고 아리송
속 치맛자락처럼 보일 듯 말 듯
하얀 입술이 나불거리고
사내 가슴 뒤흔드는
보기만 해도 설레는 그 맘이다

창공 휘 젓으며 날아가는 맘이
이 맘에 들어오려나
립스틱 바르고 선글라스 쓰고
봄나들이 나온 가슴처럼

부풀어 올라 터질 듯
날아가려는 아이리스 꽃이여

순백의 그 빛깔이 자줏빛으로
불꽃처럼 휘날리니
너의 그 맘을 모를 리가 있으리오

연등

둘러싸인 중턱 호수에
어두운 물속 진흙탕에

수초와 고기는 거기서
어울려 살고

물 위에 빛 받아
반짝이는 다이아몬드

어두운 세상 빛 밝혀
간절한 기다리는 그 마음이

호숫가에 연등 밝혀
둘러싸인 호수를 밝히네

한 계단 두 계단 오르며
가다가 쉬어 가고

거무튀튀한 어두운 산속의 호수
진흙탕의 세상 길에

호숫가 연등 켜고
빛 기다리는 정성이
비바람이 몰아친다 해도
꺼지지 않으리라

쓰레기

쓰레기장은 삶의 바닥의 산물이다

버리진 빈 병들을 보며 맘 비우려고 먹고 먹은 술들
채울 수 없는 삶을 비우는 연습이 삶인가
명품 가방도 쓰레기와 있으니 쓰레기와 같고
오발탄 해 놓은 음식물에도 파리 데가 우글거리니
쓸모없는 쓰레기는 없나 봅니다

버려진 음식들은 부패 되어 악취와 똥파리가
우글거리는
쓰레기는 버려진 물건들이다

먹고 사는 것이 뭐가 그리 바쁜지
전화도 없는 자식 기다리다 기다리다 지쳐
쓰레기에 묻혀 지내시는 어머니들

악착같이 벌어서 자식 먹여 살리고,
공부시키고, 시집, 장가보낸 후
자식 사는데 손 안 벌리려고 쓰레기에 묻혀
쓰레기 같은 세상 다 받아들이는

바다 같은 어머니들

낟알 한 알 주워가며 살아온 삶 속에서
함께 밥 먹던 행복한 그 시간 속에 갇혀

홀로 보내는 지금도
쓰레기를 만들고, 버리며 산다

사랑의 눈

울음 터진 삶의 시작은
사랑 찾으러 간다

볼 수 없는 그 사랑은
어디에

고개를 들어 먼 하늘
바라보며 그려본다

마주친 그 사랑
황홀한 빛 사랑의 눈

눈 속으로 들어온
그 사랑이 보이지 않아

언제나 보고 싶은 그 사람이
그리워 그리워하다가

사랑의 눈은
먼데 보는 눈이 되었다

온기 나눔 쉼터

한파 바람 따라 스쳐 가니
바람맞은 마음 또한 한파이네

달리는 버스는 멈추지 않아 바람 잘 날 없이
온몸에 스쳐 지나가니 몸 또한 한파이네

찾아가는 마음은 가벼우나 발걸음은 무겁고
사거리 신호등에 기다리는 마음은 왜 이리 긴지!

갈 곳은 보이나 온몸은 자꾸만 굳어가니
움직이기 더 힘들고 쉬고자 눈 두리번거려 보지만
보이는 것은 달리는 자동차뿐!

쉬지 않고 달리는 자동차는 바람만 일으키니
자꾸만 얼어들어가는 몸과 맘은 지쳐만 가다가
우연히 마주친 "추운 곳을 따뜻하게 쉬게 하리라!"
"온기 나눔 쉼터" 눈에 들어와 보니

비닐 천막 속에 옹기종기 모여 앉은 온기는
한파에도 아랑곳없이 사랑의 온도를 높이네

애기똥풀

눈부신 노란 꽃들이
한 무더기, 한 무더기 피어

김이 오르는 아기 똥이
아지랑이처럼 피어오르고

애기똥풀 예쁜 꽃을 보며
기저귀 갈아주시며

손에 똥이 묻어도
아기 똥이 향기로운가 봐
아기 똥이 귀여운가 봐

아기 똥을 먹고 자라
애기똥풀인가

그의 고운 꽃이
언덕 자락에 수놓은 것은

어머니의 손 자수처럼
아름답고 곱다

그루터기

산 정상에 올라
한숨 쉬며
하늘을 만났다

나무는
땅을 의지하며
하늘 만나러 가고
물고기는
물을 의지하며
헤엄쳐 가며 산다

꼼짝도 할 수 없는 땅에
거스를 수 없는 물속에
피 할 수 없이

알 수 없는 물속
볼 수 없는 세상
그 속에 서서 있다

삶의 소회

삶 속 묻혀 그것이 전부여서
내가 누구인지 모를 때가 있더라구요

삶이 늘 행복이면 얼마나 좋겠습니까
행복은 성취의 기쁨이라면
한 가지를 성취하려면 또 다른 한 가지를
버려야 얻을 수 있잖아요

삶 속은 희로애락의 연속이잖아요
물결처럼 요동치는 맘을 잔잔히
평온을 찾기 원하는 것이
소망인 것 같습니다

기쁨은 순식간에 지나가고
아픔은 콕콕 찌르며 다가옵니다.
약점을 말할 때 상처가 쌓아질 때
아픔이 깊어집니다

그리움도 사치가 될 때가
사랑도 죄가 될 때는

나의 사랑만이 행복이더라고요

삶은
자연을 보듯이 순응하며
살아가는 것이 인생인 것 같더라고요

뜨겁게 살아야 하는 이유

아침에 태양이 떠오릅니다
자동차 안에 몸 싣고
일터 가는 길은 늘 침묵의 시간이다

창밖에 지나가는 것을
늘 그렇게 지나 보냈다

여름 한낮의 작열하는 태양에
매미도 목청껏 울고 있었다

갑자기 찾아온
먹구름과 쏟아지는 소낙비에
그 소리만 눈물처럼 들으며 쉬어간다

급히 찾아간 움막에서
어찌할 수 없는 나만의 공간 속의
멈춰진 시간이었다

빗소리 들으며 떠오르는 모습들
커피를 마시며 그의 향기를 느끼며

옛 추억의 노래 부르며 그냥 쉴 수밖에 없었다

비 그친 후
텃밭에 상추. 고추 따다가
삼겹살에 막걸리 마시며 노래를 불렀다
이것이 참 행복이 아닌가 싶다

아침 태양이 노을 되어
붉게 물들 때
더욱 뜨겁게 살아야 하는 이유이다

안목항으로 가는 길

하늘 닿는 도로를 달렸다

구름은 흘러가고 비 맞는 소나무들
가까이에서 볼 수 있었다

눈으로 말하고 맘으로 느낀다

모두 숨만 쉬는 분들 가운데
한 분은 노래하는지 장단을 마구친다

죽음의 무섭고 두려움 앞에서도
어디로 가야 하는지 안다

안목항은 언제나 말을 한다

갈매기는 물보라가 휘날려도 평화롭고
축포 날리고 연등 보내고 있다

커피숍도 차들도 바다를 보고 있다
그들도 바다와 얘기하고 있는 걸까

어두운 내리니
멀리서 등대가 반짝이고 있다

제5부

사랑 찾아서 웃는 나

헤매는 영혼의 안식처
사랑 찾아서 평안해
바보라도 좋아
'웃는 나'가 좋아 그냥!

인생 여정

바라보아도 보이지 않는 인생 여정
보이는 산이라도 올라가
하늘의 환희를 느껴봅니다

올라가다 힘들면
동그라미 속에서
보글보글 라면 끓이며
"인생, 뭐 있어"
인생 보따리 풀어냅니다

터질 것 같은 가슴을
하늘에 날려 버리려고
땀 흘려 올라가다가
계곡물에 흘려보냅니다

이해 못 할 일 만나면
자연을 보면서
무엇하나 같은 것이 있는가
다 자기 생각대로 살다가는 인생 여정

담쟁이

엉킨 가느다란 터치는
아름다운 벽화이다

생명 핏줄 봄바람에
파릇파릇 새싹
여린 줄기 감추어진 잎이다

무더위 땀이
타들어 땀도 나지 않는
살아있는 정겨운 집을 만든다

창밖 보는 그녀를
단풍으로 안아주기도
집으로 오는 길에 맞아주는
붉은 드레스 입은 너였다

다 벗어 버린 맘 감싸는
정이 흐르는 생명 줄에
아로니아 같은 씨앗 남겨서
힘을 불러일으키는

벽화의 화가 너였구나

길목에서

카톡. 카톡. 카톡
흘러간 세월 속에
시계 소리 마냥
내 가슴에 울려 온다

이 눈치 저 눈치
살아온 세월 속에
남는 것은 길 잃은 망아지
달리고 달렸던 나날들은
쉴 곳이 없네

벨 소리 들리지 않는 날
작은 연못 벤치에 앉아서
못 안에는 빌딩과 개구리
춤추는 나뭇잎도 있네

자전거 타는 이는
정신줄 놓을 수 없지만
호수 속에 던진 줄은
개구리가 물어줄까
가는 이 쳐다보는 것보다
풀 베는 이가 부럽다

야등

뒷산 야등은
토끼길 따라 낙엽 밟으며
도깨비 불빛들의 행열이다

어두운 산속에
잠든 숲길은 낙엽만이
내 영혼 속으로 파고들어
고독 속에 두려움으로 다가온다

갈급한 맘은 싸워 이기려
산으로 들로 달려가서
나의 맘과 몸을 달리게 한다

혼자이란 외로움은
산속 영혼이 골짜기 물소리와
낙엽 뒹구는 소리로 나타나서
희망의 빛을 갈구 하나 보다

여럿이 불 밝힌 야등 시간은
모든 두려움과 외로움이 사라진다

밤바다 스케치

카메라 들고 달려갔다
불빛 아래
파도가 있는 그곳을

백사장 하얀 물결
부딪치는 파도의 소리
적막한 밤바다를 깨운다

파도와 바위들
하얀 천사와 돌쇠로
네온사인 불빛보다 화려하다

흐르는 유람선 안에
노랫소리 웃음 가락이
물결 따라 들리듯 용솟음치고

그 속에 빠진
깊은 밤도 영상 속에 잊은 채
그곳에 빠져들고 있었다

백일홍

자유로운 영혼 엮지 마라

인생사 버리고
갈 수 없는 길
세상이 시끄러우니

꽃속으로 들어갈까
산으로 올라갈까
어디 간들
꽃들이 날 유혹한다

지나가던 나그네
한순간에 빠지게 한
고운 꽃잎 포개진 백일홍

백일만이라도
보라고 백일홍인가

단 몇 분이라도
폰을 들이대며
내 맘속에 넣고 싶은 꽃이여

사무실 화분

혼자 오는 것이 외로운지
화분과 같이 온다
늘 곁에서 사랑받으며
그를 지켜 본다
그는 목소리는 크다
자기 말만 늘어놓는다

화분은 그의 분신이다
잎 하나하나 윤기 나게 닦아 준다
직원도 그의 사랑 받고 싶은지
그 화분에 물을 준다

그의 얼굴은 화분에 따라 다르다
시간이 갈수록
화분은 시들고 잎이 떨어진다

왜 잎이 떨어지냐고
아무도 대답해 주는 사람이 없다
화분만이 알 일이다

지금 여기

불타는 단풍처럼
타는 가슴을
어떡하죠

낙엽이 떨어지고
추워지는데
어떠하죠

단풍이 드는걸
어떡하죠
아직 꽃봉오리인데

보이는 대로
뾰족이 내밀면
어떡하죠
맘이 멈춰 섭니다

세월은 멈출 수 없어도
맘은 멈출 수 있잖아요

커튼을 치자

내 맘속에 들어 있다

핑크빛 스위트 홈 자수
침상과 취침 등
붉은색의 잠옷이
헝클어진 것들 속에서
핑크빛 나라에 나뒹군다

흔들리는 빨래들이
어김없이 찾아드는 밤
외로움 속의 그림자
텅 빈 페트병들과
냉장고가 소리를 낸다

긴 긴 밤 속에 그리움이
파고드는 그림자에 짓눌린
갈애(渴愛) 속으로 빠져든다

깊은 갈애에 허덕이다
아침이 밝아온다

핑크빛 커튼을 치자

* 갈애(渴愛) : 갈망하는 사랑

눈 깜짝새

눈이 내린다
눈물이 눈이 되어
눈 날리며 내린다

눈을 지그시 감으니
새가 날아가고 있다

하얀 꽃가루 속에
훨훨 날아가는 새
눈물의 눈을 뿌렸다

눈 깜짝새가
눈을 내리니
순백의 세상 속이다

겨울꽃

찬바람과 흰서리 내린 새벽에
모락모락 입김 피어오르고
산천이 진동하는 함성

하늘 가는 길에 한 줄 끈 잡고
구름마차에 몸 싣고 둥둥 떠다니며
눈 덮인 산천을 보니
순백의 세상, 순수한 그 자체로다

순백의 세상 위에
엉키지 않으려고 쏜살같이
사이사이를 가로지르는 짜릿함에
질주하는 줄도 모르며

잔잔한 호수는
찬바람 맞아 빙판 되어
날카로운 칼날은 스쳐 지나가고
천사는 지나가는 바람 따라
나불거리며 돌고 돌며 지나간다

가슴엔 빙판과 순백 앉고서
사라져 가는 애달픔을 불태우는
얼음꽃을 피우리라

찜질방

오고 가다 다 벗어
온탕 속에
풍덩 던지고
지그시 눈 감고
몸과 맘을 녹인다

다 벗어 버리고
낙엽처럼
흩어져 나 뒹군다

하나같이 쉬는 영혼들은
외로운 몸부림이다

다 벗어버리고
탕 속의 평온함이여

다 내려놓고 던져진 몸
쉬기 위해 나 뒹군다

중년의 애인

카톡, 카톡, 카톡

이 눈치 저 눈치 휘둘리며
흘러간 세월 속에 카톡 소리에
맘 싣고 달려왔네

이리저리 두리번
길 잃은 망아지처럼 헤맬 때
호수 같은 중년의 애인이여

너를 만나면 맘이 평안해
너와 얘기하면 웃음이 넘치네

너는 나의 친구야
너의 나의 친구야

크크크 하하하 호호호

중년의 애인이여

을왕리의 밤

비 오는 밤에 을왕리 향하였다
네온 불빛과 내 맘 같은 밤바다가
식당 주인의 애원처럼 받아 준다

우산을 맞잡고
물 빠진 백사장을 걸으니
주름살 같은 바닥이 보이고
고깃배만 향했던 지나온 삶이
순식간에 스쳐 지나간다

발자국과 모래 위에 하트가 파도에
씻겨질지라도 빗방울 같은 추위라도
그대가 살포시 감싸 안아주니
이 밤에 행복 문이 열린다

해당화 숲 사이의 차들 안에도
시인의 뜻 모를 얘기를 나누고 있는 걸까
미로를 헤매는 시간 속에서
을왕리의 밤 추억을 간직하며
또 하룻밤이 흘러간다

연화도 구멍 난 섬

평온한 바다는
평화롭다

바닷가에 속삭이듯
밀려왔다 밀려가며
몽돌을 울리게 한다

바닷가 작은 섬
머리는 울창하고
몸은 만신창이 된
주상절리는 장관이다

컹컹

고요 속에 빠져들 때
헛기침 소리 들린다

장터에 소 팔고
한 잔 술에 시름 달래고
큰 소리로 부르던 소리

떠들썩 집안은
세월 속에 새와 짐승들이
하나둘 찾아와 놀고

헛기침이 장터 소리로
집을 지킨다

정적이 흐르는 시간 속에
그리는 얼굴들은
언제나 찾아와 놀고

어항 숨소리
머리를 때리며

갈망의 소용돌이 속에
영혼이 쉼 없이 떠돌고 있다

답답한 가슴 막힌 숨통은
헛기침과 컹컹 훌쩍거리는
장터의 소리가 들린다

한 송이 장미

눈에 띤 장미
그냥 지나칠 수 없어
가슴에 담아 그려보니

한 잎마다 말아 포개어
파마머리 한 꽃송이
장미 건네던 그녀가
떠오른다

살면서 장미 한 송이
전한 기억나지 않는 세월
오늘따라 장미를
당신에게 전해주고 싶다

버스 안에서 장미를 보며
당신에게 고마움을 느끼며
퇴근길에 장미 한 송이 사서
당신에게 바치리라

들꽃 씨앗

참 예쁜 꽃이라
혼자서 피고 지는
들꽃이여

거센 자연에도
아랑곳없이
고운 꽃 피우고

오고 가는 이 없어도
그냥 그대로 피어 있는 꽃
때가 되어 씨앗 남기니

흰 솜틀 뭉치
감싸 안은 씨앗
꽃잎 색상은 어디 가고

백발의 잎 되어
감싸는 자태는 우아하다

외롭지 않은 길

뒷산 길을 걸었습니다
일상이 된 혼자 걷는 길에서
보고 느끼며 얘기합니다

나무와 새들은 늘 그 자리에서
지켜보고 있었습니다
나도 나무와 새가 되어 지켜보니
개들과 사람들이 모여 얘기하고 있었습니다

숲속에는 혼자서 나무에 붙이는
사람이 있었습니다
그가 없으니
비둘기와 청설모가 어디서 순식간에 날아와
그것을 먹느라 정신이 없었습니다

식빵을 나눔에 붙이는 그분은
혼자 숲속에 있어도
외롭거나 두렵지 않을 것 같습니다

요래 살고 싶다

걷고 걷는다
걷다 보면
이 생각 저 생각
이것저것
많은 것을 본다

볼 것도 보지 말 것을
들을 것도 듣지 말 것을
다 보고 듣고 걷는다

어느 날 문득
눈에 띈 하얀 집

옆엔 큰 돌이 막아주고
앞엔 나무가 크고
집은 숲이 우거지고

집안은 먹을 것이
채워진다

걷다가 걷는 것은
요래 살고 싶어서일까

다 그러며 사는 거지

사람 속을 누가 알까
슬픔과 기쁨 맘을 누가 알까
내 마음 나도 모르는데
누가 내 맘을 알아줄까

하소연 한다고 누가 들어줄까
짜증을 낸다고 누가 들어줄까
내 살기도 바쁜데
누가 내 하소연 들어줄까

기쁠 때는 기쁨대로
슬플 때는 슬픔대로
풀리지 않는 때는 엉킨 대로
살 수밖에 없는 인생인 것을

맘을 달래봐
가슴을 열어봐
몸을 흔들어봐
노래를 불러봐

그러면
행복 느낄 수 있어
조금은 위안이 될 수 있어
잊어버릴 수도 있지

다 그러며 사는 거지
다 그러며 사는 거지

가는 곳마다 날 반기네

가야 할 일이 있어 간다
인증받으러

가지 않으면 안 되는 일이
돈 버는 것이 아닌 인증샷

강물 따라가는 둑방길을 갈 때
갈대와 달맞이꽃이 반기고

산을 오르락내리락, 임도 길은
산새들과 다람쥐가 반기며

시골 마을 돌담길과 논밭길은
담쟁이와 오곡들이 고개 숙이며

가는 곳마다 날 반기네

사랑과 웃음이 빚은 행복의 미학

최 봉 희(시조시인, 평론가, 글벗 편집주간)

미국의 심리학자 윌리엄 제임스는 '행복해서 웃는 것이 아니라 웃어서 행복한 것이다'라고 말했다. 웃음은 진심이 아니더라도 억지로 웃는 것만으로도 행복할 수 있다고 말한다. 작위적인 부분이라도 그만큼 웃음은 행복과 연관이 매우 깊다.

우리는 살아가면서 행복이란 말을 자주 쓴다. 그러나 진정 행복이 무엇이냐고 묻는다면 서슴없이 대답할 수 있는 사람이 과연 얼마나 될까? 나는 오래전에 유행했던 가수 조경수의 「행복이란」 이란 노래를 좋아했다.

> '행복이 무엇인지 알 수는 없잖아요
> 당신 없는 행복이란 있을 수 없잖아요
> 이 생명 다 바쳐서 당신을 사랑하리
> 이 목숨 다 바쳐서 영원히 사랑하리
> 이별만은 말아줘요 내 곁에 있어줘요
> 당신 없는 행복이란 있을 수 없잖아요.
> – 노랫말 「행복이란」 전문

그 노래를 따라 부르다 보면 나도 모르게 흥이 넘치면서 행복해진 느낌이 들곤 했다.

행복과 불행은 내 마음속에 만들어 놓은 욕망의 사슬 같은 것이다. 하지만 그것을 소중한 선물로 받아들일 때 그 얽매임에서 자유로워질 수 있으리라.

소문만복래(笑門萬福來)라는 말이 있다. 집안에 웃음이 넘치니 복이 철철 넘친다는 말이다. 웃음을 통해 소통하고 기쁨과 사랑, 즐거움 등 행복의 씨앗을 뿌리면서 내가 하고픈 일을 하면서 후회하지 않게 열정적으로 사는 시인이 글벗문학회에 있다. 바로 웃남 황규출 시인이다.

그는 따뜻한 웃음을 지닌 시인으로 통한다. 스스로 자신을 일컬어 '웃남 시인'이라고 말한다. 나는 그 말에 전적으로 동의한다. 그의 따뜻한 철학과 행복한 웃음은 깊은 인간관계를 맺는데 중요한 역할을 하기 때문이다.

웃음은 마음을 열어주고 사람간의 거리를 좁혀 신뢰를 쌓은 데 큰 도움을 주기 때문이다. 그래서 웃음은 신이 인간에게 내린 축복이란 생각을 한다. 그의 작품 중에 웃음이 담긴 시를 만날 수 있다.

부지런히 살았다
버릴 여유 없이
오직 신고 다녔던 양말

그 오랜 세월 속에

밟히고 밟히면서 지냈지만

오직 발만 위해서
따뜻하게 해주고
보호해 주고

곳곳을 따라 다니며
먼지는 혼자 감수한다

빨래통에 들어가
빙빙 돌아가는 세월 속에
정신없이 돌고 돌아서
햇빛 받아서 따라 다닌다

구멍 난 줄도 모르는
야속할 사이도 없이
그냥 버려졌다

우연히 구멍 난 양말을
자세히 보니 웃음이 난다

너무 고맙다
- 시 「구멍 난 양말」 전문

  시인은 구멍 난 양말을 바라보면서 고마움과 함께 버려진
존재에 성찰과 관심이 돋보인다. 결국 버려진 양말에게 고
맙다는 말로 그 따뜻함을 전한다.

황규출 시인의 또 다른 시 「그런 사람이 있습니다」를 만나보자. 이 시는 어쩌면 황규출 시인 자신을 스스로 말하는 자화상 같은 시가 아닐까.

그런 사람 있습니다
전화 오면 미소가 입가에 맴돌고
웃음이 뒤엉키어 못 알아들어도
웃음 나오는 그런 사람 있습니다

서로 위안 되고 이해 안 가도
저 해가 오지 않아도 싫지 않은
그런 사람이 있습니다

까치 소리가 웃음소리로 느끼며
흐린 날에 투박한 음성도
짜증 난 목소리도 웃음으로 들리며
그냥 들어주는 그런 사람이 있습니다

전화 올 때 되면 꼭 오고
미치도록 보고 싶은 그런 사람 있습니다

그런 사람은 어떤 사람인가요
 – 시 「그런 사람 있습니다」 전문

'그런 사람'은 삶의 태도가 매우 긍정인 사람이고 삶을 초월하듯 살아가는 사람이다. 언제나 웃음이 가득한 그런 사람이고 매사에 낙천적인 사람이다. 그리고 때로는 따뜻한 사람이면서 자꾸만 생각나게 하는 사람이다.

올해 초에 파주에서 파주시 중학생을 대상으로 독서토론 한마당 행사를 준비하기 앞서서 여러 차례에 걸쳐서 연수를 진행한 적이 있다. 그때마다 놀랍게도 황규출 시인이 다리가 다친 상태임에도 깁스를 한 상태로 절룩거리면서 연수에 빠지지 않고 참여하고 있는 것이 아닌가. 더군다나 중학교 학생들을 대상으로 본인이 지닌 다양한 독서에 대한 가치관과 인생관을 전달하려고 무던히 애쓰는 열정을 갖고 참여한 적이 있다.

네 잎 행운 클로버 찾고자
세 잎 행복 클로버 밟고 / 헤매다

보일 듯 보일 듯한
네 잎 클로버 안 보인다

닭똥 같은 눈물로
빗물 받아 굴린 클로버

눈물이 진주란 걸 알았다
– 시 「눈물이 진주」 전문

사람은 삶을 살아가다 보면 행운을 만나기도 하고 그로 인해 행복을 맛보는 경우가 종종 있다. 때로는 행운을 찾으려고 노력하다가 아픔을 맛보는 경우도 비일비재하다. 시인은 그 아픔의 눈물이 '진주'라는 사실을 깨닫는다. 이에 대한 삶의 성찰이 눈부시다. 지금의 상황이 행복이란 사실을 모르고 막연하게 무작정 행운만 찾는 사람들에게 던지는 메시지인 시다. 어쩌면 이 모습은 우리들의 부끄러운 모습이다. 행복은 바로 내 옆에 우리 주변에 있음을 다시금 깨닫게 하는 시다.

세상 속에 태어났다고
울부짖으며 달콤한 사랑
그 사랑 지키기 위해
일하며 산다

힘들어도 힘들지 않은
보이지 않는 상처들
늘 행복할 수 있는
살아 있는 나의 사람아

훌훌 날려 보내는 맘을
자연 속에 던지며
어찌 다 극복하며 살 수 있을까

감당할 수 없는 일들
시로도 표현 안 될 때는
아 이것이 인생이구나

오늘도 태양도 뜬다
환희를 느끼며
- 시 「태양이 뜬다」 전문

 자신의 삶에 대해 글을 쓴다는 것은 누가 뭐래도 벅찬 일
일 수 있다. 당신은 무엇을 얼마나 기억하는가? 글에 써넣
어야 할 중요한 이야기는 무엇이 있는가? 진실과 예술성은
어떻게 가를 것인가? 나아가 삶의 가치를 일러줄 글은 어
떻게 쓰는 것이 좋은가?
 글쓰기에서 제일 큰 적은 글에 대한 지나친 기대를 거는
것이다. 하루아침에 훌륭한 작품을 만들어내겠다는 지나친
욕심은 접어야 한다. 글은 자신만의 진솔한 이야기를 써
내려갈 때 진정 아름다운 글이 탄생하는 것이다. 그런 면
에서 황규출 시인의 시는 담백하다. 자연에 순응하듯, 하늘
에 가르침에 순종하듯 그는 하루하루의 삶 속에서 행복을
찾고 있는 것이다.

꿈을 꾸면서 살아요
그러나 행동으로 살아요

희로애락은 자유이지만
더불어 살아가야기에 책임을
어떻게 사는 것이 기쁨과 행복인지

사는 것에 순응하다

또 구시렁대다가
다 제풀에 꺾여 살아가는 것을

따져서 뭐하나요
가는 것은 다 하나인 것을
하루 선물 속에 행복이
다 있잖아요
– 시 「따져서 뭐하나요」 전문

웃남 황규출 시인, 삶이 그렇듯이 꿈을 꾸면서 살고, 그
꿈을 실현하기 위해 오늘도 글을 쓰는 행동으로 줄달음친
다. 그렇게 바삐 살다 보니 삶의 희로애락을 만나게 된다.
그러면서 시인은 더불어 살아가는 것이 우리의 인생임을
스스로 깨닫는다. 그리고 삶을 달관한 듯한 태도로 초월이
란 의식을 지닌다. 눈을 씻고 마음을 씻고 하루의 선물 속
에 행복을 찾는다. 하루라는 삶이 시인에게는 행복의 선물
인 것이다. 행복은 그곳에 모두 있다고 말한다.
이런 의미에서 황규출 시인은 솔직하다. 진솔한 이야기는
기억에 의존한다. 하지만 사소한 기억까지 모두 글로 남길
수는 없는 법이다.

기차는 쉬고 쉬지 않고 달려간다
차장 밖의 산천도 덩달아 쉬지 않고 달려간다
'평안역'입니다 행복한 하루 되세요
그 소리를 하며 기차는 쉬었다 달려간다

승객들은 아무 말 없이 휴대폰을 보기도 하고
옆 사람과 얘기하며 제각기 갈 곳에 따라 내린다
다음 역은 어느 역이냐고 묻지도 않은 채
말없이 기다리고 있을 뿐이다
기차는 다음 역이 어디냐고 묻지도 않은 채 달려간다
이번 역은 '행복역'입니다 즐거운 하루 되세요
그 소리를 하며 기차는 쉬었다 달려간다
쉬는 역마다 그곳에 가는 승객은 내린다
마지막 종착역은 '천국역'입니다
그곳에 내릴 사람은 종착역인지 거의 없다
- 시 「기차는 달려간다」 전문

시인은 삶의 일생을 평안역, 행복역, 천국역으로 달려가는 인생을 표현했다. 그가 생각하는 가치관은 평안역과 행복역에는 내리는 사람이 있겠지만 천국역에 내리는 사람은 많지 않음을 비판하듯 표현한다.

잠 깬 시간
만지작만지작
이리저리 뒹굴뒹굴
그 사랑은 늘 떠오른다

빈둥빈둥한 하루
별처럼 빛나는
사랑 사랑아

달려온 행복
환한 미소 준 기쁨
보글 향기 내 사랑아

찾으러 찾으려
달려가고픈 사랑은
현실에 묶여 언제 갔는가
– 시 「힐링 시간 속에서」 중에서

　자신의 기억을 효과적으로 드러내는 방법은 바로 나를 보
여주기 방식에서 구현된다. 한 장면을 묘사하듯 자신을 드
러내고 보여주는 것을 말한다. 당시 자신의 기분이나 상황
을 굳이 설명할 필요는 없다. 독자가 글을 읽으며 상상하
고 공감할 수 있게 해야 한다. 그런 의미에서 황규출 시인
은 대상을 살피는 관찰력이 남다르다. 소리를 듣고 냄새를
맡고 감촉을 느끼고 맛을 보며 감각을 여는 글쓰기의 방식
이 부럽다. 그의 시 「내 사랑」을 살펴보자.

짧은 시간에
긴 여운을

긴 시간에
짧은 여운을

내 사랑은 늘 행복하다

사랑받지 못한 새는
더 사랑해서 울고

가는 세월
아쉽게 사는 인생을
아쉬워하며

내 사랑은
늘 행복하다
  - 시 「내 사랑은」 전문

　황규출 시인은 자신에게 긍정적인 자세로 행복을 주문하
고 있다. 그것은 바로 사랑이라는 행복이다. 사랑받지 못해
서 혹은 짧은 인생길에서 아쉽지는 늘 행복하다고 한다.
황 시인은 '웃남'(웃는 남자)이다. 그는 웃어야 행복해질
수 있다고 말한다. 그렇게 매사에 긍정적인 자세로 웃으려
노력하고 글쓰기에 적극적인 삶을 사는 것이다. 그런 그의
삶 속에서 다양한 끼와 창조적인 능력을 발휘하고 있다.
필자는 이를 사랑과 웃음이 빚은 행복이라고 말하고 싶다.
　많은 사람들은 창의성을 기술적 요소 혹은 개인의 능력으
로 치환하려고 한다. 창의성은 갑작스러운 훈련으로 이루
어지는 것은 아니다. 피카소나 모차르트와 같은 천재적인
사람들만이 가지고 있다고 생각하기 때문이다. 하지만 이
것은 오해다. 이미 우리는 창의적인 삶을 살고 있다. 인간
이라면 누구나 창조적인 능력을 발휘할 수 있는 것이다.

사실 창의성은 새로운 것을 만들어내는 '참신성과 창조성'에도 있다. 하지만 자기만의 사고라는 '주체성'과도 매우 밀접히 결부되어 있다. 나라는 존재가 스스로 생각하고 표현할 수 있다는 확신이 무엇보다도 중요하다. 그런 면에서 시 낭송은 물론이고 작사, 작곡은 물론 색소폰 연주를 한다. 황 시인의 탁월한 능력은 늘 창조적인 삶을 사는 것이다. 오늘도 시인은 나만의 필체로 글을 쓰고 나만의 방법으로 창조적인 삶을 사는 것이다. 그런 면에서 그의 삶은 바로 사랑과 웃음을 지닌 창조적인 삶이라고 말하고 싶다.

아이디어는 추상적이고 단편적인 생각일 뿐이다. 그러나 이것이 모여서 글의 분위기, 삶의 중요한 콘셉트를 만든다. 아이디어는 어떻게 모으며 어떻게 활용하는가?

우선 되는 대로 글을 무조건 자주 써야 한다. 따로 무언가를 염두에 두지 않은 채 무의식에서 붓 가는 대로 글을 써 내려가면 되는 것이다. 중간에 막히면 아무 이야기라도 쓰면 어떨까? 글을 쓴다는 것은 자신 안에 어떤 이야기가 있는지 다시금 확인해보는 작업이기도 하다.

> 삶 속 묻혀 그것이 전부여서
> 내가 누구인지 모를 때가 있더라구요
>
> 삶이 늘 행복이면 얼마나 좋겠습니까
> 행복은 성취의 기쁨이라면
> 한 가지를 성취하려면 또 다른 한 가지를

버려야 얻을 수 있잖아요

삶 속은 희로애락의 연속이잖아요
물결처럼 요동치는 맘을 잔잔히
평온을 찾기 원하는 것이
소망인 것 같습니다

기쁨은 순식간에 지나가고
아픔은 콕콕 찌르며 다가옵니다.
약점을 말할 때 상처가 쌓아질 때
아픔이 깊어집니다

(중략)

삶은 / 자연을 보듯이 순응하며
살아가는 것이 인생인 것 같더라고요
 – 시 「삶의 소회」 중에서

 시인은 삶에 대한 철학적 접근으로 희로애락의 삶은 '자
연을 보듯이 순응하면서 살아가는 인생'이라고 말한다. 그
런 면에서 황규출 시인의 시는 그의 인생처럼 뜨겁다. 열
정적이다. 그의 시마다 마음으로 말하는 이야기가 있다. 다
른 누구도 할 수 없는 자신만이 독특한 이야기를 담으려고
노력한다. 어쩌면 그의 노력이 이처럼 좋은 시집이 탄생되

고 멋진 시로 탈바꿈하고 있는지도 모른다. 그 때문에 나는 황규출 시인을 존경한다.

아침에 태양이 떠오릅니다
자동차 안에 몸 싣고
일터 가는 길은 늘 침묵의 시간이다

(중략)

빗소리 들으며 떠오르는 모습들
커피를 마시며 그의 향기를 느끼며
옛 추억의 노래 부르며 그냥 쉴 수밖에 없었다

비 그친 후 / 텃밭에 상추. 고추 따다가
삼겹살에 막걸리 마시며 노래를 불렀다
이것이 참 행복이 아닌가 싶다

아침 태양이 노을 되어 / 붉게 물들 때
더욱 뜨겁게 살아야 하는 이유이다
– 시 「뜨겁게 살아가는 이유」 일부

좋은 글을 넘어 훌륭한 글이 되기 위해서는 좋은 글의 기본적인 가치를 찾아서 이를 자신의 삶에 접목해야 한다. 그런 의미에서 글은 움직여야 한다. 이곳에서 저곳으로, 이 생각에서 저 생각으로 움직여야 한다. 말이 동사가 되어 살아 숨 쉴 때 독자 역시 글의 움직임에 빠져들 수밖에 없는 것이다.

기쁠 때는 기쁨대로 / 슬플 때는 슬픔대로
풀리지 않는 때는 엉킨 대로
살 수밖에 없는 인생인 것을

맘을 달래봐 / 가슴을 열어봐
몸을 흔들어봐 / 노래를 불러봐

그러면 행복 느낄 수 있어
조금은 위안이 될 수 있어
잊어버릴 수도 있지

다 그러며 사는 거지 / 다 그러며 사는 거지
– 시 「다 그러며 사는 거지」 전문

이제 황규출 시인은 글을 쓰지 않으면 안 되는 매우 드문 시인이다. 그는 시를 쓰는 끼로 넘친다. 음악을 만드는 열정이 있다. 그뿐인가? 시 낭송, 악기 연주, 손글씨를 쓰는 멋진 삶을 살고 있다. 한마디로 그의 시와 삶에는 사랑이 넘친다. 시대의 풍류를 읽듯 오늘도 그는 노래한다. 사랑과 웃음을 지닌 웃남 황규출 시인은 우리에게 오늘도 행복을 넌지시 말한다. 사랑과 웃음으로 사는 삶은 행복하다고….

■ 글벗시선 120 황규출 시집

사랑 찾아서 웃는 나

인 쇄 일 2020년 12월 28일
발 행 일 2020년 12월 28일
지 은 이 황 규 출
펴 낸 이 한 주 희
펴 낸 곳 도서출판 글벗
출판등록 2007. 10. 29(제406-2007-100호)
주   소 경기도 파주시 와석순환로 16,(야당동)
             롯데캐슬파크타운 905동 1104호
홈페이지 http://guelbut.co.kr
E-mail juhee6305@hanmail.net
전화번호 031-957-1461
팩   스 031-957-7319
가   격 12,000원
I S B N 978-89-6533-161-2 04810

* 잘못된 책은 바꿔 드립니다.